我与银杏有个约定

李建明 著

文心出版社
·郑州·

图书在版编目(CIP)数据

我与银杏有个约定／李建明著. —郑州：文心出版社，
2022. 12(2023. 9 重印)
ISBN 978-7-5510-2716-8

Ⅰ. ①我… Ⅱ. ①李… Ⅲ. ①诗集 — 中国 —当代 Ⅳ. ①I227

中国版本图书馆 CIP 数据核字(2022)第 244650 号

出 版	文心出版社	
	(地址:郑州市郑东新区祥盛街 27 号　邮政编码:450016)	
发 行	新华书店	
印 刷	河南新华印刷集团有限公司	
版 次	2022 年 12 月第 1 版	
印 次	2023 年 9 月第 2 次印刷	
开 本	640 毫米×960 毫米　1/16	
印 张	11.5	
字 数	173 千字	
书 号	ISBN 978-7-5510-2716-8	
定 价	59.80 元	

如发现印装质量问题　请与印刷厂联系　电话:0371-65957865

　　李建明，重庆市忠县人，中国诗歌学会会员。作品发表在《西北文艺》《现代诗美学》《小雪》《苏州文学》《南北作家》等报刊，在"原乡诗刊""原乡书院""诗艺国际""苏州诗歌""南时文苑"等多家网络媒体发表诗歌500多首，多首诗歌被《百年丰碑·中华儿女风采录》《中华诗词大典》《相约北京·全国文学艺术精品集》《中外诗歌散文精品集》《全国诗书画精品选集》等书籍收录。出版有个人诗集《心中的歌》。

目 录 Contents

我与银杏有个约定

诗

我知道

我们已经相遇

所以我要紧紧抓住你

陪你在海边看日出

在沙滩观浪花

站在高高的山巅

放声歌唱

歌唱祖国的大好河山

在广阔的平原

跃马驰骋

纵情得哪怕像疯子一样

我要把你的美丽

尽情展现

让你的晶莹剔透

植根在人们的心间

以行云流水的节奏

信步人生

用火热的激情

热爱生活，拥抱生命

我要紧紧地抓住你，敬仰你

让你长留在人间

是我的心愿

也是遇见你的责任

（此诗写于第五届"中华情"颁奖会上）

三亚三曲

一　海浪与沙滩

我的执着
亦如你的执着
我不愿放弃
你不愿离去
我们相依相偎
就这样
长相厮守

没有山盟
亦无海誓
你顽皮的浪花
总在不经意间
涤荡着我的心灵
我用我全部的温柔
拥着你
拥着一生的梦境
一起浪迹天涯
一起长相厮守

二　椰梦长廊

我是三亚的椰梦长廊
你若累了

请你坐到我的身旁
让我的芳香
陪你聆听大海的心跳

抑或躺在沙滩上
放下所有
抛却世间的烦恼惆怅

你会发现
生活的海洋
有一种自然的力量
让你渐渐明白
陪你慢慢变老

三　天涯海角

我寻到天涯
天仍高远
我走到海角
海亦辽阔
我不知脚下的路
走向何方
海不说
天也不说

唯有三亚的风
悄悄在耳畔
诉说鹿回头的故事
引领着我

寻找美丽的传说
在椰林旁
梦幻处

其实
那不是传说
是真真切切的爱情
因为有爱
才有天涯海角

鹿回头，最美的回头

假如我不追
你也不回头
假如没有天涯海角
也许错过的
不仅是美丽的传说

因为我知道
爱的路上
有了追逐与奔跑
才有执着
一见钟情后
才有天长地久

所以
涯边的回头
是最美的回头
让身后的我
松开绷紧的弦
与你相拥
共看日出日落

万绿湖

在群山簇拥中
静静地过着
世外桃源的生活
白天赏蓝天白云
晚上与星星对话
用满怀柔情
化解天地的风雨

绿意是生活的主题
绿了青山，绿了湖水
绿出了一个人间仙境

纯洁的心灵
将甘甜送到千家万户
一生挚爱
陪伴着东江两岸的人民

靖西印象

这是一片神奇的土地
当你来到这里
你会发现
每一处山水
都是一幅醉人的画卷
只要你用心体会
只要你将心交与大自然

这是一片迷人的土地
只要你踏上这里
就不愿离去
蔚蓝的天空下
处处散发着原始的韵味
却又不乏现代气息
这里不仅有梦中美景
在他人眼里
你也成了画中的风景

题德天跨国大瀑布

为了一个约定
哪怕绕道异国他乡
也要赶回
用独特的方式
与你见面

每一道瀑布
都是我精心编织
若能触动你的心灵
请敞开胸怀
尽情挥洒
心中的激情

像我一样
唱着欢快的歌谣
一路前行
醉了他人
也美了自己

廊桥疑问

站在高高的廊桥
脚踏白云，叩问苍天
天下万物都景仰你
你为何藐视天下万物

看脚下大地
群山环抱中
山路弯弯，泉潭溪涧
合奏着优美的旋律
山崖上的瀑布
挥舞着手中的银练
清澈的潭水
映照着蓝天白云
感恩你的赐予
这一方水土，一方美景

而你好像并不在意
烈日下
让漂流的人
手忙脚乱
让观光的人
挥汗如雨

（诗中所提"廊桥"，指广东省
清远市黄腾峡风景区的玻璃桥）

游永定土楼

沿着时光的轴线
土楼，矗立成了
一道独特的风景
供游人观赏的同时
也在宣讲着
客家人
一段举族迁居的往事

从恢宏的建筑中
游人可以读到
当年的客家人
为抵御外敌，保卫家园
同族而居
团结互助的场景

走进土楼
仿如走进一个
和睦友爱的大家庭
让观光的人们
久久不愿离去

静静地等待

以质朴的衣着
行走于闹市
只为赴你
尘世的邀约

从晋走来
走过明清的鼎盛
走到三坊七巷
两千多年的等待
两千多年的执着

用伟人的灵性与才情
浸透足下的泥土
不慕都市高楼
不羡现代车流
身着传统的服饰
在南后街静静等待
盼你在茫茫人海
一眼就能认出
并停下脚步
张臂入怀

（此诗写于福州三坊七巷景区）

我与银杏有个约定

我来了
在你最美丽的时刻
为了曾经的约定
我伸开了双臂

虽然秋意寒凉
霜叶点染着山冈
我却一如既往
痴迷你金色的模样

我如约而来
拥你入怀
努力延续秋的美好
让金色的梦
在秋天飞扬
是我们
相约的美好

松山湖小感

我是上天的恩赐
我的名字叫松山湖
在东莞
你若累了
请坐到我的身旁
伴着静静的湖水
让疲惫的心
暂泊
让旅途的脚步
小憩

享受环境的清幽
抛却世间的烦恼
与心对话
寻找旅途的方向
或让思绪空灵
融入湖水的禅意
那一湖碧水
或许会给你深深启迪

西湖断桥

站在西湖的断桥
只为看断桥的风景
却没想到
自己也成了一道风景
伴西湖烟柳
点缀着他人的梦境

湖与瀑布

我的平静
并不等于没有激情
只要需要·
我可纵身跃下
即便万丈深渊
也毫不迟疑

看我的身躯
展现在悬崖的美丽
我有一泻千里的气势
你若走近
请你用心体会
那飘逸的轻烟
是我重生的灵魂
那飞流直下的啸吼
是我绝不回头的决心

阳光下
我幻化出缤纷的色彩
用我的一生
点缀大自然的美景
纵然远在山间
也无怨无悔

（此诗写于观腾龙大瀑布时）

路

沿着古道
透过残破的房屋
仿佛又看到了
当年拓荒者的身影
永不停歇的脚步
在蛮荒之地
硬走出了一条大道
眼前的珠玑巷
记录着当年的历史
还有百家姓祠堂
静静地待在那儿
待后来者
寻找自己祖先的足迹

看似无路的人生
在开拓者的足下
处处是路
只要有足够的毅力
只要坚持

几千年过去了
我们的祖先
就这样走来
走成现在的康庄大道

（此诗写于游南雄市珠玑巷时）

我爱足下这片土地

为了足下这片土地
我守了上千年
不管风吹雨打，时代更迭
根始终扎向泥土
心，从未动摇

我深知，我的家在这儿
我的天在这儿
失去这片土地
就似无根的浮萍
无根无家，什么都不是

所以
我深恋着足下这片土地
哪怕尘土将我掩埋
岁月将我风蚀
最后变成一抔黄土
我也会让魂魄
守住家园

（此诗写于观瘦西湖唐罗城古
遗址时）

瘦西湖

为了见你
不惜将全部柔情
注入湖水
让湖中的莲
尽情展现
最美的容颜

湖岸的柳
舞去岁月烟波
以婀娜的身姿
伸出纤纤玉手

可无缘的你呀
却总是错过
不仅错过春宵
更错过
莲的热情

如今衣带渐宽
湖水已瘦
有谁知
湖的心思

海宁观潮

在远远的海平线上
我看到了你
因为海的辽阔
你就像一条线
在远远的海平线上
无声无息
被人忽视

但你顽强
逐渐强大
一路奔跑
积蓄力量
终于
你发出了怒吼
并以不可阻挡之势
滚滚而来

人们听到了涛声
看到了你壮观的景象
举洪荒之力
勇往直前
一路披荆斩棘
摧枯拉朽
谁要阻挡你的脚步
就只能淹没在你的足下

我与银杏有个约定

嬉水的孩子

看着嬉水的孩子
脸上天真无邪的笑颜
我看到了他们的心灵
如山涧的泉潭
清澈透明

他们喜欢花朵，喜欢溪水
好奇大自然的一草一木
进入大自然
进入梦想
进入天堂

为什么人们喜欢山水
原来这是天性
看那嬉水的孩子
我多希望
大自然永远在他们心里

（此诗写于中秋游南海湾森林
生态园时）

我在同里等你

如果你的脚步已经疲惫
请你记住
我在同里等你
杨柳下
小河边
等你从云雾中归来

荡一叶轻舟
在江南的水乡
放纵思绪
放任自我
寻找错过的风景

千年古镇的灵秀
有水墨画的底蕴
请提起画笔
绘一幅田园美景图
让心在静谧中回归
或让疲惫的脚步
停歇

请记住
我在同里等你
等你
每时每刻

（此诗写于游苏州同里古镇时）

游苏州虎丘

踏上这片土地
贪婪促成的权谋
让耳畔仿佛又响起刀剑的厮杀
以及无数家庭的哭泣

而达到目的的王者
身后也不过一抔黄土
陪葬的三千利剑
剑池只剩一潭污水

作为地标的虎丘塔
历经季节交替，年代更迭
倾斜欲倒
往事如烟
只有青山依旧，绿水长流
成为风景

观苏州留园

谁能想到
六百年前的官场变故
竟会让六百年后的游人
去追溯当年的历史
谁能想到
为退隐而修建的住宅
竟成了苏州园林风景
让游人流连忘返
谁也没有想到
从太湖运来的一块怪石
成了镇园之宝
许多今天看起来不经意的事
也许若干年后
就像留园的亭台楼阁
让人追思

廊桥如梦
林园如画
雕梁玉砌
虽费尽心思
也只能供游人观赏
唯有园内的一潭碧水
映着蓝天白云
流动的生机
让人们领悟着过往

红树林

我远道而来
只为改善这里的环境
给候鸟一个家

我以成片的速度
生长成林
让这里变得郁郁葱葱
若你进驻
请你放心
土里的重金属已被我清除
也别担心台风
我的身体
足以抵挡风雨
让你安心筑巢

我将根深深扎进泥土
竖起一道道翠屏
为了足下这片土地
我不仅奉献我的身体
也将全部爱心
倾情献出

（标题"红树林"，指广东省广
州市南沙湿地公园里的红树林）

游东莞观音山

像当年一样
你又站到了山上
用你的英灵
护佑着
这一方水土
一方百姓

面带微笑
神态安详
静静地关注着山下
关注着
富裕起来的乡镇
以及乡镇里的人们

看着你的塑像
仿佛又看到了当年
硝烟弥漫的战场
为阻止帝国主义的铁蹄
你与你的战友们
在这里战斗的身影

这里的每一寸土地
都浸染着你们的鲜血
这里的每一位百姓

都是你们的亲人

你和你的战友们

战斗在这儿，生活在这儿

用鲜血和生命

守护着

这里的一草一木

而你的心

也留在了这儿

就像你

永远留在了人们心里

而今

你又站在了山上

为了子孙后代

为了红色传承

人们让你住在幽静的山里

在你原来战斗的地方

安享太平盛世的清静

陪伴这里的山山水水

让你的英灵

护佑这里的每一寸土地

与乡亲们永远在一起

（此诗写于观蔡子培将军塑像时）

红船

终于见到你了
在南湖的湖心岛
你静静地停靠在那儿
供来往游人参观拍照

你只是一只普通的小船
可你曾用小小的躯体
托起了中国的脊梁
改变了中国的命运
人们慕名而来
除了一睹你的风采
更带着感恩的情怀

看到你
又仿佛看到了当年
在惊涛骇浪中奋斗的先辈
因为有你的庇护
才有了今天温馨的生活
你虽是一只小船
但你承载了中国历史
如今的南湖
早已没了惊涛骇浪
处处充满欢笑
荡着浪花
这一切都得益于你的馈赠

感恩有你

愿南湖的朵朵浪花

陪伴着你

再佑中华

尽享盛世繁华

迎春花

我来了
在我最美丽的时刻
以独特的方式
迎接新春的到来

用力绽放
醉人的芬芳
只为让春天
温暖
且充满缤纷的色彩

请你珍惜
让一切美好
从春天开始
让我的馨香
伴你同行
你的脚步会更加轻快
带着开心的笑颜

我与银杏有个约定

惬意

当我坐卧阳台
晒着暖暖的阳光
微风轻轻拂过
空气中飘来淡淡幽香
我知道
春天就要来了

我望着天空
半闭双眼
透过眼皮
尽情感受色彩的斑斓
我看到了
七色光环

我知道
春天的梦就是这样
耳畔传来鸟儿的嬉闹
心中又升起新的希望

春天来了

我看到一朵红花
在阳台的花盆
正努力冲破阴霾
独自开放
瘦弱的花朵
虽不胜寒凉
但坚强无比

我也看到
花枝间的嫩芽
正在奋力生长
任寒风如何摧残
也阻止不了
拔节的速度
就像阳光
固执地穿透云层
照到脸上
照到心里
一股暖流
在血液里流淌

看着这花、这芽
我知道
久盼的春天

就要来了
虽然脚步有些迟缓
甚至略带娇羞
但终归还是来了

她会从花盆里走来
从阳台走来
从窗外走来
从人们的期盼中走来
从坚持中走来
从坚定的信念中走来
她不但会走进我们的生活中
还会走进我们的心里

春天来了
春天会送来和风
送来希望
送来春暖花开

三月的花

每一年的三月
我都在这片土地
静静地开放
只为等你
哪怕只是偶然
路过的回眸
我也尽力展现
最美的容颜

可三月的风啊
只在我的耳畔
絮叨
时光匆匆
总将我的期盼
拉长

日复一日
直至我将果实
挂满枝头
将所有的念想
存留在足下的泥里
我，只有期待
来年的相逢

我与银杏有个约定

阳光终于来了

经历了整个春节的阴霾
阳光终于穿透云层
照在了身上
感觉好温暖

人们相继走出房间
走到自家阳台
将心
向天空敞开

树上的鸟儿
在枝间嬉闹
欢快的声音
仿佛在呼唤人们
走出家门
走向大自然

种
树

看着漫山的嫩绿
看着湖畔的柳芽
在这个春天
心中升起
种一棵树的冲动

但不种在山林
不种在湖畔
只想种在常走的路旁
每天经过
看着它一天天成长
待它长高长大
靠在树下
小憩
缓解旅途的疲劳
也可待它静静生长
为路过的行人
遮风挡雨
或作为路标
指引人前行

在泥泞的路上

乍暖还寒的春天
又遇连绵的春雨
泥泞的道路
让行进艰难的人们
更感艰难

多想借来宝剑
挥断云雨
引雷电
将阴霾驱尽
让阳光照遍
世界的每个角落
每一条道路
花团锦簇

但身处凡尘
又怎能撼天动地
在泥泞的路上
人们只有认准足下
相互扶持
才能稳步前行

春雨的联想

若想用缠绵的春雨
留住时光的脚步
还不如让阳光
追赶季节
让思念
闪亮人生

当然
也许会有太多不舍
比如相忆的煎熬
但四季轮回
才能让精彩呈现
才能有收获的喜悦

走进四月

走进四月

漫山遍野的嫩绿

在空气中飘起

清新的叶香

虽然桃花李花已经归隐

但树上的小果

挂满枝头

春风中

传来收获的欢笑

层层碧浪

也在原野随风翻滚

艳放的山花

和人们的笑脸

尽情享受着

阳光照耀下的温暖

人们纷纷走出家门

走进，季节的天堂

春风十里不如您

走过千山万水
见过无数繁华
可心里总在念叨
那遥远的家乡

其实
我的家乡并不美丽
甚至还很贫瘠
地无尺平的山区
却让我出走半生
归来
纵使春风十里
也占据不了她的位置

多少次
梦回童年的故里
在父老乡亲的呵护声中
肆意嬉闹
欢笑，从梦里笑到梦外
直到笑醒

在曾生养自己的故土
总有一条无形的线
牢牢拴着在外的我

尤其在黄昏的路上
无论走到哪里
纵使外面春风十里
在我心里
也不如家乡
一处平凡的山景

春天里的愿望

我愿
是春天里盛开的鲜花
尽情展现自己的美丽
当你路过
送你旅途的芬芳
抑或静静地开在山坡
开在大地
开在你目光所及的地方
构一幅绚烂的画卷
伴你进入梦乡

当然，若你愿意
我也会化作春风
轻轻吹走你的忧伤
吹走你心中的彷徨
也可化作春雨
与你一起
倚在窗沿
缠绵但不惆怅
阳光下
化作蝴蝶，长上翅膀
带你
自由自在，寻觅远方

若你愿意

我愿用我的一生
美丽你的人生
愿你的人生
像春天一样
多彩又吉祥

春天的风雨

一夜的风雨
总在梦里
晨起的满地狼藉
让心
如飘落的花瓣
难怪树上的鸟儿
也在悲啼

谁说进入春天
就远离了伤感
在新芽长出的地方
可知有多少
零落成泥

夜来的蛙鸣

我又听到了
旷野里的蛙鸣
在这初春的夜晚
哼着田间的小调

积压了一冬的情感
终于等来了
春暖花开
哪怕仍在夜晚
也难掩饰
愉悦的心情

虽然只是哼唱
但进入梦乡
梦，也会开出鲜花

春日暖阳

春日的阳光
照在大地上
大地徐徐拉开了帷幕
让山涧弹琴，原野舞蹈
树上的鸟儿
唱起欢快的歌谣
曾经被冻住的情感
终于得到了释放

人们脚步匆匆
追赶着季节的旅程
阳光照在脸上
满脸都是鲜花

春来的雨丝

春来的雨丝
最懂游人的心思
挂在窗沿
总是不愿离去

只是不知
那遥远的窗前
可有熟悉的影子
一样
望着窗外
朦胧的烟雨

藏于心中的往事
就如这春来的雨丝
缠缠绵绵
一生一世

送你一季雨帘

拿什么送给你呢
我的爱人
在这多雨的季节
在这特殊的情人节
我只能送你
丝丝雨帘

没有玫瑰的芳香
没有花的容颜
唯有剪不断的思念
一生爱意
一世情缘

在这多雨的季节
在这特殊的情人节
送你满怀牵挂
一季雨帘

微笑

女神节
送什么礼物好呢
像年轻的朋友
手捧鲜花
又怕花中带刺

还是送上春日里的微笑吧
挂在脸上
比阳光温暖
比鲜花漂亮

夏

雨

和着夏日的性格
为赴季节邀约
不惜粉身碎骨
将灵魂融入大地

每一次行程
都会激情满怀
以闪电开道
雷鸣宣言
带风的脚步
除却世间腐朽
酣畅淋漓的人生
江河也顿感失色

让夏天精彩
让时光变得浪漫
是心中的执着
一生的追求

夏夜的雨

夏夜的雨
总喜欢落在人们的梦里
伴着电闪雷鸣
想把人们的梦惊醒

可夏天的热情
不全在夏雨
季节在那儿呢
纵使天天下雨，黑云压顶
看不见星光月明

夏夜的雨
只是夏天行程的小小插曲
最多缓一缓前行的脚步
而该做的梦
人们照样会继续
该争的收成
定会向秋天索取

晚
霞

我喜欢夏日的落霞
为延续光明
哪怕燃烧自己
也要照亮大地，装扮天空

虽然，没有正午阳光的热烈
甚至还略带忧伤
但无私的心
彰显得淋漓尽致
一生的执着
直到最后
也没忘记自己的使命

荷花

不做水面的浮萍
因为我不想随波逐流
要么，让青春闪亮
让夏日的激情
贯穿我生命的始末
要么，沉于湖底
零落成泥
为下一次旅行
积蓄力量

若你走过，幸而遇见
请珍惜相遇的缘分
让我用生命的闪光
点缀你人生的风景
也请你相信
我虽出自污泥
却有干净的身躯
圣洁的心灵

请你记住
我属于夏日
我不想随波逐流
我要在荷池亭亭玉立

六月的莲

为了等你
我站成一朵莲
在六月的湖中
在荷叶之上
舞动婀娜的身姿

湖上的波光粼粼
是我心里的涟漪
清清的湖水
是我满怀的柔情
我多希望
你从我身边经过
让我的体香
唤你深情地回眸
让我的娇颜
映入你的眼帘
印进你的心房

可无缘的你呀
不仅错过了六月
还错过了
我的一生

秋

走过夏的激情
走进收获的季节
进取的脚步从未停止

以蓝天白云构筑天空
用金色与红叶装扮大地
让存在
收获生活
让生活
带给人们梦境

虽处处充满浓浓的相思
却从不用多雨的方式
秋天不相信眼泪
没有春的缠绵
爱，如漫山红叶
恨，似秋风夜雨

南方的秋天

南方的秋天
没有北方的轰轰烈烈
就如南方人的性格
随和又不失机智

花还是照开
树仍绿着
漫山遍野的绿意
并未因秋的到来而生褪意
树上的果实
大多已在春天和夏天采摘
南方的秋天
只是气温下降了几度
人们添了几件衣服

当然，思念是有的
且很浓……

秋夜的思念

南方的秋夜
虽没有北方的清凉
但也褪去了夏日的燥热
耳畔已听不见虫鸣和蛙声
除了无尽的思念
还是思念

比起北方
南方的思念含蓄了许多
没有漫山红叶的衬托
更没有寒冷的冰霜
在满眼绿意里
喜欢陪伴静夜，无眠

无眠
在渐凉的秋夜
孤独的心
总想着远方
漂泊的身影
成了他人眼中的秋景

我喜欢秋天（组诗）

（一）

我喜欢秋天
不仅因为硕果累累
还因秋天的到来
送走了夏日的冲动
多了份沉稳

看秋天的云彩
在天空悠闲自在
就是风来
也只是脚步轻移
不紧不慢
阳光
让人缱绻缠绵
尤在北方
胜过春日的依恋
而漫山遍野的红叶
片片化作相思
如梦境一般
谁愿醒来

我喜欢秋天
秋天的梦
虽没有夏日的激情
却比夏日更加实在

（二）

我喜欢秋天
没有春的争奇斗艳
没有夏的激情轻狂
面对一年的收获
也只送上淡淡金黄
淡泊淡雅的品性
将所有情感
都托付给了漫山红叶
一心只想
回报季节的馈赠

心中明白
冰雪覆盖的冬天
离得并不遥远
也许就在一个转身
所以秋风秋雨
干脆利索
秋日的暖阳
让人念念不忘

我喜欢秋天
喜欢秋天的简单明了
喜欢秋天的淡雅清爽

秋天，南方的思念

思念
在南方的秋天
无法寄予相思的红叶
漫山遍野的绿意
仍带着火热的激情
疾风骤雨
仍是情感表达的方式

虽然夏天已经过去
但南方的秋季
人们仍然脚步匆匆
行程没有闲情
思念
只有在空闲时
才会从心底
突然冒起

南方的秋天
思念没有温床
只有疾风骤雨

秋来的思念

难道这就是秋风吗
在南方的夜晚
轻轻地拂在树梢
抚着脸庞
醉了月光

月光
以全部的温柔
倾情地洒在大地
洒在
游子的心房

游子的心房
高高挂起一轮月亮
在故乡的树梢
树梢上
总是父老乡亲的脸庞

秋天

有人说
秋天是忧伤的
因为天已凉，叶已枯
漫山遍野的红叶
片片都是
相思的泪与苦

而黄澄澄的稻香
金灿灿的硕果
却让秋天充满了欢笑
充满了收获的喜悦

曾经
我们埋头走过
来不及领略旅途的风貌
只有到了秋天
面对漫山遍野的红叶
我们才能忆起年轻时的牵挂
尽情欣赏
丰收的画廊

八月

八月的风

温婉徐徐

艳丽一夏的莲

在青春绽放之后

已在静静等待

收获的季节

而田里的稻穗

也被知了

催得

遍地金黄

季节交替的脚步

在不知不觉中

走进八月

走进

丰收的喜悦

（此诗写于立秋）

也说秋天

有人赞美秋天
也有人悲伤秋天
赞美者有赞美的理由
悲伤者有悲伤的情愫
而我
始终平淡

秋高气爽
替代了夏日炎炎
漫过大江南北的红黄
为大地披上了异彩奇装
空气中飘溢着菊香
秋天
成了人们快乐的家园
家园里硕果累累
家园里笑语声声

但秋的深入
也会引起惆怅
冷月的凄清
落叶的悲凉
让多愁善感的人们
写下一首首哀叹的诗行
叹人生易老

叹生命无常

其实
四季轮回
是万物延续的根本
无须赞美
更无须忧伤彷徨
怀揣一颗平常心
人生定会安好

秋菊

选择在瑟瑟秋风里
迎着寒霜
大胆怒放
并非不恋春夏
只是喜欢挑战
有股不屈的韧劲儿

每一朵鲜花
都散发出丝丝芬芳
如张张笑脸
含笑喜迎丰收的硕果
也含笑面对
严霜

用自己的美丽
点缀层林尽染的风景
让秋天的思念
感受春风般的温馨
是秋菊的心愿
一生的使命

雨中情丝

突然的一场雨
将中秋的思念
表达得
淋漓尽致

虽然见不到月光
但静下心来
仔细聆听
雨中的音符
让思绪飘向远方
让思念拨动心中的旋律

天地有情
懂得在外的游子
月光下的孤独
下一场中秋的雨
将无限的牵挂
挂满天空

（此诗写于中秋节）

秋天的思念

不是所有的思念
都会托付
春天的雨丝
秋天也有
浓浓的相思

漫山遍野的红叶
便是秋天
发自内心的表白
纵使寒风刺骨
也阻挡不了
季节的邀约

夜晚的月亮
独自在星空
把所有的思念
洒向大地
洒向天涯海角

没有春雨的缠绵
却比春雨执着
秋天的思念
不畏天寒地冻
却最怕孤独

跨季的银杏

我要感谢季节的馈赠
当严寒来临
让我展现最美的容颜

也许
你已习惯红叶的相思
但你可知道
大地的金黄
才是人们最美的梦境

若你走近
请你一定捧起我
让我的美丽
陪伴你走过深秋
你若愿意
也可随我起舞
让生命的闪光
留在你冬天的梦里
待来春
待下一个秋季

雪天的感想

想开开心心唱一首冬天的赞歌
哪知雪花飘的不是时候
寒冷不仅冻住了整个大地
也冻住了人们的心灵

看着雪地里行走的路人
屋里的人们当作看风景
可他们哪里知道
人生路上的每一道风景
脚下都有行走的艰辛

高山上的松柏

看高山上的松柏
从不向寒冷的冬天低头
只因已经习惯
长年累月的风吹雨打
把坚强的心
交给自然

没有怨声
从不哭泣
知道四季有不同的风景
成长路上
经历过得失的洗礼
从而看淡了所有得失

顺其自然，但绝不低头
高山上的松柏
永远在高山上常青

冬

冬选择在秋之后
只为细细品味
一路走来
所遇的阳光与风雨
好好规划
春天的行程

生活
让我们总是脚步匆匆
风尘仆仆
所以才有了冬
有了驻足冬眠的时间
让我们在冬天
接受雪花的洗礼
希望我们的心
能像雪花一样纯洁

春天是美好的
春天需要美好的心灵
只有冬天的雪花
才能洗尽尘埃
让世界洁白
让心回归

朔风

冬天不冷
只是美好的愿望
不论南方还是北方
只要走到冬季
都有寒冷

由秋向春的进发
永远也躲避不开
冬的时段
面对路上的朔风
请不要畏惧
更不要停下脚步
寒风激起的冰凌
可坚强我们的意志
重塑我们的筋骨
飘扬的雪花
让我们的心灵
像雪花一样

待到山花烂漫
站在花丛
我们定会感激
曾经经历的冬季
还有路上的朔风

友

情

只为一念
一个故事便留在了雪里
留在了
洁白的记忆里

每到冬天
都期盼那飞舞的雪花
能沿着当年的足迹
追寻冰封的往事

可雪花呀
虽能跨过黄河，飞跃长江
却总也飘不到珠江

大雪

南方的大雪
是红红火火的太阳
照得冬季
如春日般温暖

北方的大雪
是实实在在的大雪
放眼望去
银装素裹，惟余莽莽

幅员辽阔的大中华
只需弹指一挥
便可经历
从冬到春的喜悦
从春到冬的彷徨

（标题"大雪"，指节气）

南方的冬天（组诗）

（一）

相较北方
南方的冬天温暖很多
但不管怎样
也改变不了四季的变迁
由秋向春的脚步
永远避不开寒冷的历程

也许冰雪很难在南方出现
但寒流是有的
要想从容过冬
就必须做好防寒保暖
世间所有的成功
都离不开准备

在南方
看似不起眼的冬季
有可能就是大浪淘沙
直到春暖花开

（二）

从秋的喜悦中缓缓走来

只为适应季节的更替
所有的心思
都还停留在秋天的记忆里

没有北方的干脆
更没有北方的轰轰烈烈
冰雪覆盖的童话世界
是北方的专属

南方的冬天
最多有几缕冷风
偶见数点寒星
怀着对秋天的思念
匆匆的脚步
总是赶着
奔向春天的暖屋

冬天的花儿

又看到
阳台上的花儿
开了
鲜艳的花朵
让晨起的我
充满了希望

不受季节约束
选择在冬天绽放
花儿的心思
几人知道

若人们的脸上
能像花儿一样
保持微笑
冬天就没有寒冷
生活，就会充满欢笑

寒露

寒露带给南方的
是激情后的冷静
舒爽与惬意
没有寒风
没有北方的红叶
但有遍地黄花
有春天构想的梦境
田野里飘起的
阵阵芳香

人们的脚步
显得更加轻快
愉悦
少了夏的躁动
在愉悦中规划着
如何让芬芳
在空气中凝结
过一个
温暖的冬季

（标题"寒露"，指节气）

我与银杏有个约定

题雪地里的雾凇

你的美丽
不应只留在一地
你应该向世界走去
走进人们的心里

你的圣洁
不应该只在冬季
春夏秋冬的每一天
都应有你的身影

这个冬天

这个冬天
并不像冬天
看那一树的绿叶
一树的红花
处处都有
春天的影子

这个冬天
好像一点儿都不冷
看那轻快的脚步
无处不在的笑颜
让人感觉
温暖常在人间

雪

又下雪了
北方的雪
厚厚的
在行进的道上
铺一层洁白

梦中的童话
就在眼前
我却不知
如何行走
如何
在洁白的路面
留下足迹

看前面走过的
零乱的脚印
心里好疼

雪中情

下雪了

雪花

挂在树上

似银花朵朵

铺在地面

让满地洁白无瑕

世界

似童话

多想

长上翅膀

随雪花

带梦飞翔

可梦

在哪儿

雪

将融化

母亲

您把我带到这个世界
细心呵护，任劳任怨
只为让我长大成才

长大了我却离开了您
您强忍着内心的牵挂
总是对我说
都挺好的
叫我不要担心

直到有一天
我再也见不到您
才突然感觉
自己是多么孤独
多么后悔
为什么不陪在您的身旁

面对冰凉的墓碑
我叫您
您已无法应答

母亲的呼唤

多想
能再次听到母亲的呼唤
在开饭的钟点
在黑夜即将来临的时候
在母亲看不见我的瞬间

小时候
母亲的呼唤
几乎每天都这样陪伴着我
直至长大
直至后来离开家乡
上学、工作
这呼唤成了一根线
将母亲和我
连在一起

每当开饭的时候
每当黑夜来临的时候
夜深人静
在我心里，我都会听到
从遥远的小山村
传来母亲的呼唤

这呼唤

让我知道

无论在什么时候

无论在什么地方

我都有一个家

而母亲就在家里

等着我

等我回家

可如今

我再也听不到

母亲的呼唤了

天堂的声音到不了人间

我只能在心中

牢牢攥住

那根连接我和母亲的线

祈盼将思念

送达天堂

父亲的背影

又想起了父亲的背影
在这个特殊的日子
但只是想起
却难再见

在父亲的背上
曾有许多欢乐
父亲的背是我的天堂
而我，也是父亲心中的天堂

那时，并没在意太多
心里只想着背上的温暖
背上的依靠
却从未注意
父亲的背在慢慢弯曲
有一天突然消失

在这个特殊的日子
又想起了父亲
多想再靠在父亲的背上
可父亲
还有父亲的背影
只在梦里

（此诗写于父亲节）

父亲，好想再叫您一声

好想再叫您一声
父亲
在这个特别的日子
我却只能对着冰凉的墓碑
仰望遥远的苍穹
可从不信神的您
已听不见
就像以前您在家
我在遥远的他乡
想叫您一样
可那时
心中还有着牵挂，有着盼头

从牵着我的手
到放开让我走
让现在身为人父的我
心里一阵绞痛
当年哪曾想过您的感受
为了让我飞
您把欢笑强留在脸上
把所有的苦，所有的痛
藏在了心里

好想再叫您一声
父亲

从我再也见不到您的那天起
我才知道
什么是天，什么是爱
才明白
您为何要放我走
因为您知道生活中的风浪
您知道
只有让我历练
才能独自飞翔

今天，在这个特别的日子
好想再叫您一声，父亲
可我只能对着冰凉的墓碑
只能望着遥远的苍穹

（此诗写于父亲节）

老屋

老屋的宅地
已成了父母的墓地
也成了我永久的牵挂

童年的欢笑
也一同被埋藏了
每次回家
已叫不出爸妈俩字
只有默默站在墓前
祈祷他们能听到我的心声

站在墓前
曾经在老屋的生活总在眼前
虽不富裕
但一家人团聚的日子
就是天堂

老屋的门已永久关上了
父母守在里面
守着一家人的幸福
守着天堂
而我
却只能在天堂之外
思念着

晚来的风

总喜在晚来的风里
寻找故乡的记忆
望着天边的斜阳
把自己置身斜阳里

流浪的脚步
最多也只是找个驿站
稍作休息
之后必会向着远方
继续前行

唯有故乡的土壤
能够建起自己的心房
虽不华丽
但很安宁
尤其在夜晚
在晚来的风里

落叶归根

年轻时
总想离开家乡
不安分的心
从没考虑父母的感受
而今两鬓斑白
却又总想回到
曾想离开的故乡
可这时
父母的音容
只能在记忆里浮现

转了一圈
终于明白
父母在的地方
才是真正的家
人生最大的幸福
其实就是守在
父母的身旁

醒悟过后的愧疚
成了暮年
最大的牵挂
落叶归根
是每一个游子
晚来的念想

星星

小时候
总是蹦蹦跳跳
望着天上的星星
心中满是幻想

上学了
在书中极力寻找
希望自己
也能像星星一样
在天上闪耀

直到工作之后
才发觉天空太高
没有天梯
只能老实地待在地上

而今两鬓斑白
再望天上的星星
也许星星也会向往
心中的平静

回家过年

忙完了一年的工作
又得忙着回家的旅程
忙着过年

过年
只要是中华儿女
就永远不会忘记
无论身在天涯
还是海角
无论年少
还是年长
不分贫穷富贵
不分官阶高低
每个人都在盼着
过年

年少盼过年
因为热闹
因为能与父母团聚
因为美食佳肴
年长盼过年
因为一年终于过完
可以放松心情
因为来年的希望
因为岁末的团圆

在外的子女
都能回到家里
欢聚一堂
一起过年

一起过年
我们是中华儿女
请记住我们的传统习俗
抛开所有烦恼
不管有钱没钱
启程回家
过年团聚

过年回家的路

梦中长长的车流
如今在眼前
习惯了群居的人们
也习惯了集体行动
过年回家的路
何时才能畅通

家，让人们赶回
从全国各地
甚至世界各地
纵使被长长的车流
堵在路上
想起故乡的亲人
想起即将的团圆
心，也快乐着

千山万水
隔不断家乡的亲情
千里万里
阻不了回乡的脚步
过年
既是国人的传统
也是华夏的一道风景

不管路有多堵

不论身在何处
为了与亲人团聚
为了过年
人们都得赶回

我与银杏有个约定

回

乡

走在儿时常走的路上
却找不到当年无忧的感觉
路旁的小草看着陌生的来客
伸出顽皮的小手招呼着

故乡，我久违的故乡
几十年的分别
几十年的沧海桑田
而今已换了容颜

虽没有城市的高楼大厦
但儿时的记忆却再难找回
走在当年常走的路上
好似走进一个陌生的世界
一缕乡愁，满怀寂寞

站在父母的墓前
心，已回不到从前

我与银杏有个约定

同学情

无论在何时
无论在何地
只要想起
心中就涌出万分牵挂
只因我们曾在同一学校
我们是同学

朝夕相处的日子
我们结下了深厚情谊
为了同一目标
我们曾互相帮助
不是亲人
胜似亲人
我们似兄弟姐妹
我们情同手足

相逢相聚
我们的情意
就如酒窖里的醇香
越久越浓
飘溢在言语之外
流淌在血液之中

乡

情

每一个清晨

我都会站在阳台上

听鸟儿的鸣唱

勾起儿时的记忆

以及记忆里

被云雾缭绕的家乡

那里

鸟儿经常在林中嬉闹

还有家乡的父老乡亲

他们纯朴的笑颜

陪伴我每天的行程

勤劳的身影

在我眼前

成了前行的动力

每一次成功

我都会向着家乡的方向

合手祈祷

每次遇到挫折

我都会默默地念着家乡

希望她能给我智慧

给我力量

无论走到哪里

家乡，家乡的父老乡亲

都已深深印在我的心里

伴我度过春夏秋冬

装饰我一生的道路

乡

音

曾经在外
偶尔听到一句乡音
好似整个故乡
都来到了身旁
而今耳畔
时常都是乡音
心中反而飘起
缕缕惆怅

时光
掏空了故乡的村庄
虽有老一辈的坚守
可年轻的脚步
已在村庄外的道上
越走越远，甚至
忘了归途

不知耳畔的乡音
还能延续多久
乡村里的空巢
能否像以前一样
在袅袅炊烟里
享受喧嚣

乡村的早晨

乡村的早晨
太阳虽已升起
但家家紧闭的门扉
并未像过去一样
早早开启
晨来的炊烟
更不知飘向何方

季节的跫音
传不进留守者耳中
年老多病的躯体
麻木了视觉神经
只有在候鸟迁徙的时候
人们才会坐到村口
望着远方的天空
守着进村的道路

嬉闹与喧嚣已然远离
乡村的早晨
只有鸟儿的鸣唱
还留了一丝气息

清明祭父母

常常在夜里
只要一闭上眼睛
我就会想到你们的容颜
也常常在梦中
努力抓住你们的手
醒来却不见你们的身影
多么怀念你们在世的日子
哪怕天塌了
你们也会用自己的身体
将我紧紧护在怀里

已记不清
何时流干了眼泪
何时学会了坚强
没有了你们
我曾像天空中迷茫的小鸟
找不到晚来的归巢
我极度惊恐，极度害怕
在黑夜里极力寻找
但任我喉咙喊哑
眼泪流干
也无法穿越
两个世界的时光隧道

我只有止住眼泪
独自面对
人生的风雨
没有了你们的日子
我才知道
什么叫孤独
什么叫害怕
什么叫思念
什么叫家

倘若天地能够通灵
我多想再见你们一面
扑在你们怀里
再喊你们一声
爸，妈
愿清明的雨
带去我无尽的思念

这个清明

天地仿若已经知道
今日的哀思
雨一直下着
就像人们的眼泪
流在心里，挂在脸上

每一个片段
每一个模样
每一个亲切的笑容
每一个忙碌的身影
都成了这个清明
人们最痛的记忆

人们永远不会忘记
祖国的卫士
是他们用自己的生命
守护了这片土地
让生活在这片土地上的人们
尽享祥和与安宁
他们留下了大爱
而自己，却无声地离去

他们是中华民族的英雄
是华夏的好儿女
请感恩他们

记住他们

致敬他们

在这个清明

请一起为他们

也为我们的先辈

默哀

祈愿他们一路走好

祈愿他们

安息

写在中元节

今夜的静寂
也是一种心境
人们有的在家里
有的在荒野
选一个无人的地方
祭放贡品，烧着纸钱
给心灵一个慰藉

也不知另一个世界
有没有快递
跨越时空
接受阳世间的祭品
更不知两个世界
有没有共同的习俗
为什么
人们在世的时候
总不珍惜

但愿所有的心愿
都能精准送达
让两个世界
都可宽心

为你，我愿做一朵小花

为你
我愿做一朵小花
走出花园
开在你行进的路旁
当你走过
送你旅途的馨香

不奢望你弯下腰来
注视我的脸庞
更不奢望
你将我移回家里
放在花瓶里欣赏

我有我的天地
脚下的泥土
是我生命的依托
我的芬芳
来源于大地的给养
只有在旷野
我才能尽显芳华

为你
我可以开满路旁
只要你足够坚定

前方
我还会开成花海
为你，编织花环

人生感悟

在人生的路上
行走几十年的我们
相较出发时
除了饱经沧桑的容颜
更多的是
不会哭泣了

旅途的风雨
让我们懂得
如何面对生活
眼泪
且待终点
留给送行的人们

唯有坚强
才能收获美丽的风景

花

念

我喜欢鲜花
但从不采摘
因为每一瓣花瓣
都是大自然的杰作
都有其生命旅程

我希望每一朵鲜花
都能尽情绽放
结出累累硕果
不负足下的泥土
让生命从芬芳
走向升华

新 路

世界的和谐
就是各种声音的混杂
有清晨鸟儿的鸣噪
我们才能从睡梦中醒来
仔细聆听
寻找其中的和韵
然后起床
抖擞精神
锁定目标
面向新的一天

所有进步
都是从杂音中走出来
然后走成新路

生命

在茫茫宇宙
我们只是一粒尘埃
随风而来
也容易随风而去

每一次停留
上天都给了我们
展现的机会
只不过
有的珍惜
有的错过

因而
在短暂的生命里
有的平淡
有的却舞得
相当精彩

孤独

其实最孤独的还是
月亮
独自在天空
与星辰大海都有着
遥远的距离

但她借助太阳的光照
成功吸引了人们的眼睛
让黑夜有了光明
有了
倾诉的对象

人有悲欢离合
月有阴晴圆缺
掺杂了情感的月亮
也改变了自己的孤独

树

当我将根扎向大地
就注定此生必经风雨
但我从不退缩
向上的意志
让我伸开双臂
沐浴阳光，拥抱蓝天

虽然从未想过参天
但也尽力向天空伸去
好用粗壮的手臂
为过往行人
遮挡旅途的风雨
也可提供一席阴凉
让人们躲避酷热
坐下畅言
海阔天空
纾解旅途的疲劳
抑或闭目养神
集聚再出发的力量

认定了足下这片土地
我就再无他念
天地之间
简单但很执着
自在而快乐地生活着

思念与往事

思念总是牵着往事的手
在旅途
伴孤寂同行

往事久了就会变成故事
藏在心里
娓娓讲给自己听

诗两首

鸟儿

看到鸟儿在枝间嬉闹
想起童年时光
当年的无忧无虑
何尝不似小鸟

如果人们
都能像小鸟一样
生活
也许会少许多烦恼

蝴蝶

我看到一只蝴蝶
飞到阳台的花丛
久久不愿离去
就像人们
看到美好的事物
眼中露出留恋与向往

只要我们面向阳光
努力寻找
也会像蝴蝶一样
发现生活中的美好

我与银杏有个约定

等你

我知道
今生我们已经错过
所以我只能等你
等你
在来生
在你必经的路口

等你含笑而来
在春暖花开的季节
手捧鲜花
送你一路春风

或在夏日的早晨
撑一把雨伞
为你遮挡旅途的风雨
共看日出日落
还有天边的彩霞

当秋风吹起
我会为你争取
用我的真诚
让红叶染遍山林
装饰你的梦境
只要你高兴
只要你

还有梦在心里

也许
我的外表会很冷很冷
但只要你仔细观察
就会发现
在如冬的外表下
有朵美丽的雪莲
伴着冬天洁白的雪花
专为你开放
只待你采摘

所以
请你记住
在来世的路上
在你迷茫的路口
有我在等你
等你相遇
等你
续前世情缘

我与银杏有个约定

重阳

不知从何时开始
重阳已成了我们的节日
登高望远
回看漫漫来路
才发觉
已有人在路上止步

突然才发觉
九月九日这天已属于我们
也许，岁月就是这样
在不经意间过去
又在不经意间来到
白发爬上我们的鬓角
只有在镜中
我们方才惊觉

有的人

有的人
总想将自己的名字刻在墙上
让人们永远记住
但过往的人
却一片茫然

有的人
从没想过要留下自己的名字
可他的名字
却刻在人们心里
成了永久的碑文

我们不必奇怪
这个世界其实相当公平

小溪

我是深山里的小溪
没有迷人的身姿
只有从我身旁走过
才能体会
我的美丽

我静静地流淌
从不张扬
只因我深信
纵然是涓涓细流
也能绘出动人的山水

所以我时常保持快乐的心境
清澈而透明的心
定能让远方的你
敞开心扉
拥我入怀

孤独花

选择在秋天开放
是想用我的花季
陪伴你的孤独
让多愁善感的你
多些笑意

我先开放
接着就有绿叶衬托
让我在秋天里
不仅展示自己的美丽
也能美丽周遭

所以我并不孤独
我将自己融入天地
接受季节的安排
带给秋天一道
亮丽的风景

升华

当年想尽办法
都要挤进城里
挤进城市的高楼大厦

而今做梦都想
在农村置块土地
建一个田园农庄
培植花果，栽种蔬菜
抑或什么都不做
有一块土地
有一个养生的好去处

以后老了
回到乡下
回到土生土长的地方
品着乡村的味道
嗅着泥土的芬芳
远离世故，抛却阅历
重拾童年的欢笑

大海的联想

如果每个人的心胸
都像大海一样宽广
既有激情
又有包容
那么这个世界
定会五彩缤纷
太平祥和

即便有纷争
也似触岸的浪花
顽皮而又温柔

夜望

那耀眼于夜空的
曾满天都是星星
而今，在灰蒙蒙的天空里
只能偶见闪烁
那悬于夜空的
曾经倍感温柔的月亮
如今冷冷地
照着他乡的游人
让夜的身影
倍感孤独
岁月
不仅使人失了童真
也冷了心情

落叶叹息的声音
常在耳畔
尤在这冬天的夜晚
梦
还能开出花来吗
心，可否回暖

鱼儿的梦

在这远离城市的郊外
夜的声音
就是鱼塘搅水机的声音
它掩盖了所有
包括鱼儿所做的梦

鱼儿会有梦吗
白天鱼塘里游动的嬉闹
晚上也安静下来
进入冬天
鱼儿会不会冬眠

躺在床上
听着搅水机的声音
那美妙的节奏
又融入鱼儿的梦境

与智者为伍

看淡一切的
往往是阅历丰富的智者
世界在他们眼里
处处都有美好

而执着
又是他们不懈的追求
在谦和中追求平静
在微笑中追求完美
与智者为伍
人生
将充满祥和

爱的画面

记得那年
我们常坐河畔
任月光倾洒
而我们的话语
也像月光一样

星星眨着眼
总想偷听我们的谈话
其实我们所谈的话
风儿早已知道

若干年后
当我独自坐在河畔
风儿轻轻告诉我
那年我们所谈的话
全是废话

努力终有收获

无法让时光停止脚步
但可以让岁月留住
我们的身影
只要努力
只要我们足够强大

今天我们读到的故事
都是前人留下的足迹
有的自觉
有的不自觉

沿着足迹寻找
我们会发现
在行进的道路上
每一座成功的丰碑
都浸透着努力的汗水
汇聚着无数的坚持

悟

面对宽广的大海
心中若能平静泰然
说明
已经知道了
自己的渺小

所以，站在山底
就要学会仰望
仰望山巅
仰望他人

在平原里驰骋
才会懂得
如何挥鞭跃马
如何
规避风雨

月亮

在浩瀚的天空
一直关注着地球
给黑夜以光明
给白天以想象
若论品格
除了付出
从不索取

为夜行者照明
给相思者掌灯
一轮圆月
牵起多少思念
一钩弯月
勾起多少惆怅
虽在遥远的星空
却始终放不下
人间情结

如银的月光
洒在大地
洒出了多少
柔情蜜意
如梦的月夜
留在人们心里
留下了多少

魂牵与梦萦

人们倾情月光
人们依恋月光
星空
因为月亮而精彩
人间
因为月亮而多情

无题

想登上高高的山巅
却没有登高的梯子
想在广阔的平原驰骋
却缺少驰骋的动力
想在无边的大海遨游
却不识水性
想在辽阔的天空飞翔
却没有飞翔的翅膀
那就沿着脚下的路
慢慢前行

其实路边也有美丽的风景
只要用心体会
就会发现
悠闲而自在的旅途
有更多空间，更多自由

可以放声歌唱
可以随意哭泣
少了高处的风险
少了刻意的心机
也许路途有沟有坎
但绝不会有大起大落

沿着脚下的路行走

放飞思绪，尽情遐想
做自己想做的梦
梦中若有天堂
梦醒也会平和

我与银杏有个约定

叶

为了花的美丽，树的高大
甘愿化绿叶陪衬
无怨无悔
哪怕最终零落成泥

一生的执着
只有秋风知道
层林尽染
纵使生命的最后时刻
也没忘记，为季节再添色彩

我与银杏有个约定

月圆之后

月圆之后
天空又归于平静
星，仍在原来的位置
云，照样飘拂

唯有夜来的风
变得与以往不同
每次风起
总会吹起丝丝牵挂
吹起
没完没了的乡愁

月亮的心曲

人们
常常望着月亮
诉说心中的念想
可月亮的相思
又向谁去诉说

在浩瀚的宇宙
为了夜晚的寄托
月亮
孤寂地挂在夜空
挂在
游子的梦中
让思念静静等待
时光的交融

人们望着月亮
诉说相思的同时
可曾听到
月亮的心曲

风筝的联想

看风筝在空中飞翔
也想像风筝一样
可我们只能靠双脚
行走地上

偶尔风来
或许会随风摇晃
但若趁势飞上天空
可能会重重摔下

习惯了双脚行走
只能一步一个脚印
借助飞翔的翅膀
我们当然可以飞翔
但要清楚
只有脚踏实地
才是正确的方向

阳台上的花开了

阳台上的花又开了
开得娇艳
开得动人
尽管外面还下着雨
甚至伴有惊雷
但花
从不理会
一天比一天娇艳

花的开放
让整个阳台有了生机
有了异彩
让赏花的人
在恼人的雨天
有了希望
有了好心情

童年真好

多希望每天都是儿童节
好让疲惫的心
放飞快乐

童年真好
无忧无虑
如天上自由飞翔的小鸟
可人总会长大
总会变老

逝去的童年
只能在心里怀念
在梦里回想

童年真好

（此诗写于儿童节）

我与银杏有个约定

星与人生

望着寥廓的星空
享着晚风的轻抚
我想起
儿时母亲常讲的故事
每一个人
在天空都有一颗星

母亲的声音还在耳际
可天空的那颗星
已找不到自己的位置
多想时光能够倒流
多想重新定位自己
但疲惫的心再难放飞

静静地望着星空
望着星空飘过的浮云
其实人生就如浮云
而星
只是母亲美好的心愿

雨与希望

春夏交替的时日
雨，总是下个不停
是春在眷恋
还是夏在隐忍
本是激情迸发的季节
大地却在
雨中惆怅

不过我深信
乌云挡不住太阳
时光的脚步不会停下
坚持就会拥有希望
拥有阳光
也许还会有雨
但心
不要惆怅

夜望星空有感

我不知道是否有外星生命
这是科学家应去解答的问题
但我希望天空有一双眼睛
紧盯着人间的每个角落
给弱者以帮助
给恶者以惩戒
让短暂的人生
尽享美好
竞放异彩

这只是一个美好的愿望
人生路上的风雨
谁也无法躲避
路在自己脚下
如何行走
还得靠自己

人生与鲜花

我最喜鲜花
在绽放中散发的幽香
不仅醉了行人，美了环境
更靓丽了自己
哪怕短暂如昙花一现
也是生命的闪光

人生，就要这样
只要尽情挥洒
总有耀眼的时候
哪怕只是刹那的光芒

过往

从岁月指间漏下的
都是琐事
重要的
已刻在心里
所以
别担心遗忘

其实记得也好
忘记也罢
红尘滚滚
终将只是过往

梦

曾想
在一个美丽的地方
等你
捧一束鲜花
编一个梦境

可见不到你的踪影
泥泞的来路
只有一季烟雨

一季烟雨
伴一路泥泞

躺在医院病床上的时候

躺在医院病床上
才感到生命的渺小
拿什么与时光抗争
还有太多的心愿未了

健康的时候总是不觉得
许多事情都推到明天
人类都有这样的通病
不健康时总想健康时的分分秒秒

若再给一个健康的身体
病过的人可会争分夺秒
世事无常，光阴无多
珍惜生命，与时光赛跑

我若站在云端

如果我站在云端
定会练就火眼金睛
云游四海
洞穿尘世的阴暗
引雷鸣
震慑奸邪
让闪电告诉人们
天空有一双眼睛在注视

而最想要的
还是驾一朵祥云
飘过平原，翻越高山
带给世界和平安宁
大海上
给往来船只
指明前行的方向
伴白云在星空漫游
将月亮与星星
引进人们的梦里

我绝不高高在上
若有需要
我也会和云朵一道
化作和风细雨
深入人间
渗入土地

端午祭屈原

你可能没有想到
从你投江的那一刻起
你的名字就和汨罗江一道
嵌在了中华民族的骨髓里

每一个端午
人们都会端上香粽
遥祭你的英灵
划龙舟寻找你的踪影
在华夏的土地上
你用灵魂唤醒了人们的心智
你用生命书写了家国情怀
每年过端午
人们过的不是节日
而是对你的缅怀

你的气节，你的精神
激励着一代又一代中华儿女
将自己
深深融入华夏这片土地

端午前夜

我又看到了
若干年前的星星
在端午前夜
闪烁在我的眼前
晚风送爽
燥热
终于变得清凉

我也闻到了
一阵阵粽香
在星光下牵起
遥远的念想
还有那魂牵梦绕的
故国诗行

我听到汨罗江的哀曲
听到龙舟竞渡的急促
在端午的前夜
人们终于划起了
传统的船桨

无奈

曾以为
有一种感觉
会在心里珍藏
一生
直到看见
那怒放的鲜花
突然凋零

没人阻止得了
时光无情的脚步
心
也不能

地质队员之歌（组诗）

一　我们是地质队员（三首）

（一）

在云海深处
在高山顶部
常见我们的身影
背着地质包
提着地质锤
一顶草帽
遮挡旅途的风雨

我们从不会迷失方向
沿着岩层的走向
我们寻找着
地壳运动的轨迹
沿着岩层的倾向
我们寻找着
地质时代的更迭
与遥远的古代对话
这是我们的专长
更是我们的技能

从古生物里
我们能判断岩层的年代
从古生物的变化

我们能寻找到
深埋地底的宝藏
让沉默已久的矿床
发光发热
为祖国的建设
提供保障

我们以天为被以地为床
累了
往地上一躺
遥望蓝天
心胸顿生宽广
渴了
山涧溪流是天然的泉水
甘甜而芬芳
带着山林的气息
引领我们
一路神往

我们是祖国的地质队员
天地之间
我们用一颗执着的心
迷恋着地球
拥抱着大地

（二）
为了探索地球的奥秘
为了唤醒沉睡的矿床

我们远离城市的喧嚣
长年驻扎在山里
但我们并不是苦行僧
面对青山碧水
我们如
一个诗人
一个画家
一边工作
一边尽情地欣赏着大自然的馈赠
面对画廊
写下美丽的诗篇

虽然我们缺少城市的灯红酒绿
但我们可以数着天上的星星
将点点星光带入梦境
我们可以放声歌唱
歌声穿越时空，在山间回荡
让地下的宝藏听着我们的歌声
从沉睡中醒来，发热发光

我们经常行走在高山深壑
从不畏惧日晒雨淋
经过风雨涤荡的心
在远离城市的净土上
如清泉流水
自在而任性地
和着大自然的节拍
谱写生命的乐章

（三）

我不敢说我们的工作有多么伟大
但我要告诉你
我们为工作自豪
大自然是我们的办公场所
我们与大自然融为一体
每天快乐地工作

看植被，我们可预知地下的岩石
看地形，我们能判断地下的构造
一把地质锤
我们可以敲醒沉睡亿年的矿床
一个放大镜
我们可以放大地壳运动的历史
看生命的更迭
看时代的变迁
我们有更远的眼光

我们伸开双臂拥抱大地
我们的心胸比大海宽广
天地只是我们生活的空间
宇宙才是我们的方向

听着林间鸟儿的欢唱
庆幸少了城市的喧嚣
淙淙流水，朵朵白云
置身纷争外的尘世
我们努力实现人生的梦想

二 豁达

时常想起
年轻的时候
在野外勘探的日子
虽辛苦
但无忧无虑
快乐着

提着地质锤
手拿放大镜
在沉睡亿年的岩石上敲打
在化石里仔细寻找
寻找岩层中
闪闪发光的矿石

一个褶皱
一个断裂
都会勾起
翻天覆地的想象

足迹踏遍了千山万水
行程翻越了高山深壑
心路随地球运动的轨迹
运动着、想象着、推算着
不管风吹雨打
从未退缩

大自然的鬼斧神工
雕塑了许多美丽的风景
大自然的美丽风景
坚强着我们的意志
涤荡着我们的心灵
如清泉
如碧潭

我为自己的经历而骄傲
我为曾经的拥有而庆幸
因为有对地球的认知
才有了今天的豁达

三　忆青春时光

望着蓝天白云
又忆起当年的勘探生活
我们如白云一样
自由自在

从一个山顶
飘向另一个山顶
脚步匆匆
快乐且没有忧愁

将理想放置云端
让歌声常伴旅途
畅意人生

青春的画卷
激情且执着

四 钻塔

进取的心
从没停止探索的脚步
在高山、平原
甚至湖海
任凭风吹雨打
日晒霜冻
坚定地矗立着
漠视月光的温柔

并非不食人间烟火
而是脚下的路
任重道远
钻塔的心事
只有向星星诉说

年轻的情怀

年轻的我们
曾将自身
毫无保留地交给国家
在辽阔的大地
编织心中的梦想
寻找地下的宝藏

不管山有多高
我们总能站在山顶
让歌声
向四方传唱
穿越林海
跨过幽谷
飞向平原与海洋

当然，夜来的思绪
也会伴着淙淙溪流
诉说心中的念想
仰望星空
寻找银河里
相会的鹊桥

但年轻的我们
从不畏惧足下的艰辛
满腔热血

全心探索地球的奥秘

寻找矿藏

无怨无悔

把自身交给国家

交给祖国的勘探事业

让青春在大自然里

尽情闪耀

我与银杏有个约定

忆往昔青春岁月

回想当年地质队的生活
在崇山峻岭中穿行
在陡崖峭壁上攀爬
许多欢声笑语
许多记忆里的单纯
而今仍在眼前

一生最美的青春
献给了我们曾经挚爱的事业
血管里流淌的血液
好像从来都不是为了自己
祖国的需要
就是工作的目的
提着地质锤
背着地质包
一顶草帽
遮挡了所有的风雨

至于苦累
从未考虑，也从未感觉
身体似乎不属于自己
追踪着岩层的走向和倾向
仔细测绘着地质蓝图
一心只想
寻找地下的宝藏

让它发光发热

若去询问山顶的白云
一定还记得当年我们的歌声
而行进的足迹
若干年后
也许会像当年
我们研究古生物足迹一样
被后来的人们研究
只是不知道
他们能否理解
我们当年的行为
我们心中的激情

记住昨天的故事

我怀念过去的一切
不管是美丽的还是忧伤的
因为时光
逝去就不会再来

曾经的美丽
让我心情愉悦
而忧伤
只是一时的风雨
人生的路上
所有的际遇都是缘分
每一个人，每一件事

在对昨天说再见的同时
我也记住昨天
以便在黄昏的路上
从容书写
夕阳的美丽

云的眼睛

我拍到了云的眼睛
在天空往来飘移
不论是白天还是黑夜
都在悄悄巡视着大地

如果抱有侥幸
以为没光的地方可以随意
那么云就会绕在你的头顶
让你一生都处在云的阴影里

天空，一位美丽的姑娘

如果
云是天空的衣裳
天空定是一位
爱美的姑娘
她不断变换着色彩
变换着
服装的式样

当然
她也会考虑季节的变化
晴天和雨天
会换不一样的着装
但彩霞绝对是
她喜欢的色调

雨过天晴
她常会穿上七彩的靓装
在天空与大地之间
绘一座彩虹，编一则神话
让梁山伯与祝英台的恋曲
在人间传唱
而每天早晚
又会披上彩霞
在太阳升起的地方

给生活以希望
让夜晚的梦境
在晚霞的陪伴中
更加美好

洁白的衣裳
常勾起人们的向往
人们望着天空
为她陶醉，为她痴狂
总想长上翅膀
和她尽情地
翱翔

弥勒佛的微笑

面对每天的风雨
你总是报以微笑
世间万物
没有任何能够
影响你的心情

人生真理
你总是笑着阐释
并告诉人们
只要笑对生活
生活定会回以笑颜

无时不在的微笑
满布世间
是你的心愿
更是人类的心愿

站
台

那站台
也许今天已不复存在
但心中的站台
却一直萦绕
尤其是车轮启动的刹那
那种空落
那种说不出的感觉

没有过多的言语
只是彼此挥了挥手
然后，就像天空的云彩
奔向远方

从此，那云彩
便成了永久的定格
在心中
绕着站台，伴着念想

我记忆里的忠中
和现在的忠中有天壤之别
那时的教室
只有一排楼房，一排平房
操场也是土质的
没有水泥地面，更别说橡胶地板了
但那时激情高涨
学习自觉
锻炼身体也自觉
没什么思想负担
我们的任务就是学习
学好知识，增强体质
报效国家

所以那时的我们
不懂得谈情说爱
也没想过谈情说爱
男女生的课桌
中间都有楚河汉界
一不小心越过边界
或多说几句话
就会招来异样的目光
所以那时的思想很是单纯
单纯的我们真的可爱

我们上课专心听讲
却也难免有个别调皮捣蛋的
我们很尊重老师的劳动
老师对我们也很负责任
如能尽数领悟老师传授的知识
老师就会很开心
我们也会开心

那时的我们积极向上
积极向组织靠拢
因年纪太小
只能入团
我们把入团作为骄傲
德、智、体全面发展
是我们的目标

我们没有给自己预定目标大学
但我们都很努力学习
我们讲究顺其自然
只要自己尽力了
也就心安了
结果如何
我们真没想过
因为我们相信
三百六十行
行行出状元
所以我们心态很平和
尽力就好了

也许正是这种平和的心态
让我们后来在各行各业
都有自己的收获，乃至建树
因为我们这一代人
在艰苦奋斗的年代长大
我们懂得珍惜
珍惜生活
珍惜生活给的每一个机会

我们那个年代上学是艰苦的
我们每个星期都要回家背粮
或每个星期家里都要送粮
我们没钱去饭堂吃饭
我们的伙食是自己在饭堂蒸盒饭
家庭条件好的可以吃饱
家庭条件不好的只能吃半饱
所以常常都能见到
放学铃声一响
同学们就向饭堂奔跑

说起吃饭
我们那时有扣碗吃
就是改善生活
叫打牙祭
怎比得现在的生活
餐餐大鱼大肉

我们那时上学是艰苦的

但那时我们也是快乐的
我们没有心理压力
更多的是向上的动力
我们虽是为自己读书
但我们更是为国家读书
国家有需要
我们自然快乐
快乐让我们怀念
快乐让我们忆起当年的忠中生活
不知不觉已离开忠中三十九年了
而今母校迎来了八十周年的华诞
祝福忠中，祝福母校
生日快乐
愿母校越办越好，越来越辉煌